W0414461

BIBLIOTHEQUE MUNICIPALE
ST PRYVE ST MESMIN

741.5
ENF

L'ENFANT MAUDIT

cahier graphique illustré
par **ARNO MONIN**

Ce document a fait l'objet
d'une élimination
des collections de la bibliothèque
de St Pryvé St Mesmin

PILON

Galerie de PERSONNAGES

Gabriel

Camille

Marc

Suzette Boncœur

Jeanne FOLLIN

Ambiances

CHEZ PIERROT

Mises en situation

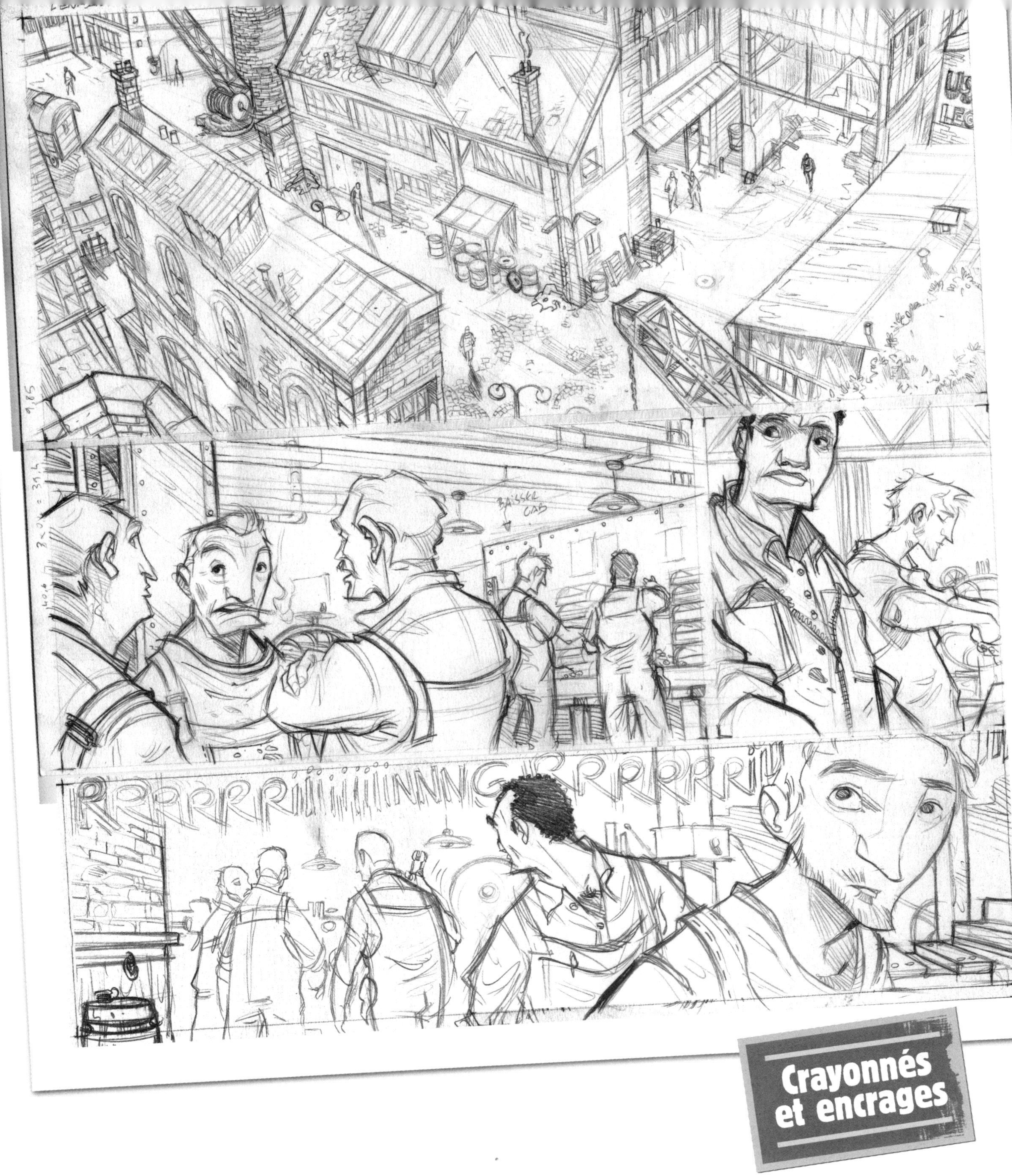

Crayonnés et encrages

BIBLIOTHEQUE MUNICIPALE
ST PRYVE ST MESMIN

COUVERTURE #1
MAUDIT.

L'ENFANT MAUDIT

01 Les Tondues

Scénario
Laurent GALANDON

Dessins
Arno MONIN

Couleurs
Florent BOSSARD

GRAND ANGLE

À nouveau un grand merci à toute l'équipe Bamboo !

À Noé, Nathaël, Anatole et Aurèle.

Laurent

Merci à Thimothée Montaigne pour les sessions taf, les bons films, l'échange autour du métier ; merci à Dimitri Armand d'avoir accepté de jouer le jeu du regard tatillon sur le dessin de la couv ; merci à Ingrid Liman pour sa disponibilité, son soutien régulier ; merci à Florent d'avoir répondu présent à la colorisation ; merci à toute l'équipe Bamboo pour son travail et son enthousiasme. Enfin, merci Laurent de m'avoir confié cette nouvelle histoire !

Merci à mes parents, mes frères, Hélène pour leur soutien, leur écoute.

Arno

Copyright © 2009 BAMBOO ÉDITION

116, rue des Jonchères - BP 3
71012 CHARNAY-LÈS-MÂCON cedex
Tél. : 03 85 34 99 09 - Fax : 03 85 34 47 55
Site Web : www.bamboo.fr
e-mail : bamboo@bamboo.fr

Tous droits de traduction, d'adaptation et de reproduction strictement réservés pour tous pays.

Dépôt légal : mai 2009
ISBN : 978-2-35078-607-0

Imprimé en France
Printed in France by PPO Graphic, 93500 Pantin

CREUSE 1955.
ASSASSIN !
J'AI... JE L'AI PAS FAIT EXPRÈS... JE VOULAIS JUSTE JOUER.
JOUER ?! ASSASSIN !! COMME TOUS CEUX DE TON ESPÈCE !
TU ES PUNI, TU NE SOUPERAS PAS CE SOIR.
MONTE TE COUCHER, GABRIEL.
ILS ONT TUÉ MON FILS, MAINTENANT ILS TUENT MES BÊTES...
ASSASSIN.
ASSASSIN...
01

PARIS, MAI 1968.
PARAÎT QUE ÇA A CHAUFFÉ HIER !
LES CRS ONT CHARGÉ, ILS L'ONT DIT À LA RADIO.
OUAIS ! ET LES COURS ONT ÉTÉ SUSPENDUS À LA SORBONNE.
Y A DES USINES QU'ONT REJOINT LE MOUVEMENT...
RRRRRRiiiiiiiNNNG RRRRRRii
SÛR... ÇA DEMANDE RÉFLEXION.
ÇA A PAS L'AIR DE T'INTÉRESSER BEAUCOUP TOUS CES ÉVÉNEMENTS ?
SI... ENFIN JE SAIS PAS... JE M'EN FICHE UN PEU EN FAIT.
POURTANT CE SONT DES JEUNES DE TON ÂGE QUI SE MOBILISENT !

GABRIEL !
VOUS DEVEZ VOUS METTRE EN GRÈVE, REJOINDRE LE MOUVEMENT ÉTUDIANT !
IL FAUT EN FINIR AVEC LA DICTATURE BOURGEOISE.
LE PROLÉTARIAT ET LES ÉTUDIANTS DOIVENT SE RÉUNIR DANS LA LUTTE !
MMH... PEUT-ÊTRE...
IL N'Y A PAS DE PEUT-ÊTRE GABRIEL ! VAS-TU ACCEPTER TOUTE TA VIE D'ÊTRE EXPLOITÉ PAR UN PATRONNAT SANS SCRUPULES ?!
Plat du Jour
SALUT !
MARC, GABRIEL GABRIEL, MARC. MARC EST CHARGÉ DE COURS À LA FAC...
03

METRO
DEMAIN IL Y A UNE GRANDE MANIFESTATION ! TU VIENS AVEC NOUS !
EUH... JE NE SAIS PAS, JE...
C'EST TON JOUR DE REPOS DEMAIN GABRIEL...
ALORS TU N'AS AUCUNE EXCUSE POSSIBLE !
TCHAO ! ON A ENCORE DU MONDE À CONVAINCRE !
ELLE T'A MÊME PAS DIT D'OÙ PARTIRA LA MANIFESTATION, VIENS AU MEETING CE SOIR À LA SORBONNE, ALLEZ BYE !
EUH... D'ACCORD...
ELLE EST DRÔLEMENT JOLIE TON AMIE... ELLE TE PLAÎT, NON ?
OUAIS... ENFIN NON C'EST UN PEU COMME MA SOEUR !
AH... PARCE QUE LE REGARD QUE TU AVAIS POUR ELLE N'AVAIT RIEN À VOIR AVEC CELUI D'UN FRÈRE POUR SA SOEUR...
ON A PRATIQUEMENT GRANDI ENSEMBLE...

TU VIENS BOIRE UN THÉ ?
OUI, POURQUOI PAS...
INSTALLE-TOI ! JE T'EN PRIE.
TU T'INTÉRESSES À L'HISTOIRE ?
OUI ! C'EST MA MAROTTE ! PETIT, JE RÊVAIS D'ÊTRE PROFESSEUR D'HISTOIRE...
MOI, ÇA M'A TOUJOURS ENNUYÉ À L'ÉCOLE... LES HOMMES PRÉHISTORIQUES... LES ROIS DE FRANCE ET TOUT LE RESTE. ON S'EN FICHE, C'EST DU PASSÉ...
NON... C'EST PASSIONNANT ! ET PUIS CONNAÎTRE LE PASSÉ, C'EST MIEUX COMPRENDRE LE PRÉSENT ET C'EST PRÉPARER L'AVENIR !
OUAIS, T'AURAIS PU ÊTRE PROF, T'AS LES GRANDES PHRASES QU'ON COMPREND PAS...

MIÀÀOOU
MIMIÀOOOU
MÀOOU
MIII
MIÀOOU

MIIAAAOOU
MÂOOU
CLAA
MÂÂAOUU
CSSS
CSSS
FSSH
FSSH
FSSH
FSSH

LE BATON EDUQUE L'INDIFFERENCE
C'EST QUI ??
TU LE TROUVES COMMENT MARC ?
JE NE SAIS PAS... IL A L'AIR SYMPA...
TRÈS ! ET ATTENTIONNÉ ! ET INTELLIGENT ! TU TE RENDS COMPTE, À PEINE 24 ANS ET IL EST EN TRAIN DE TERMINER SA THÈSE !
IL N'Y A PLUS DE MÉTRO À CETTE HEURE. TU PEUX VENIR DORMIR CHEZ MOI SI TU VEUX.

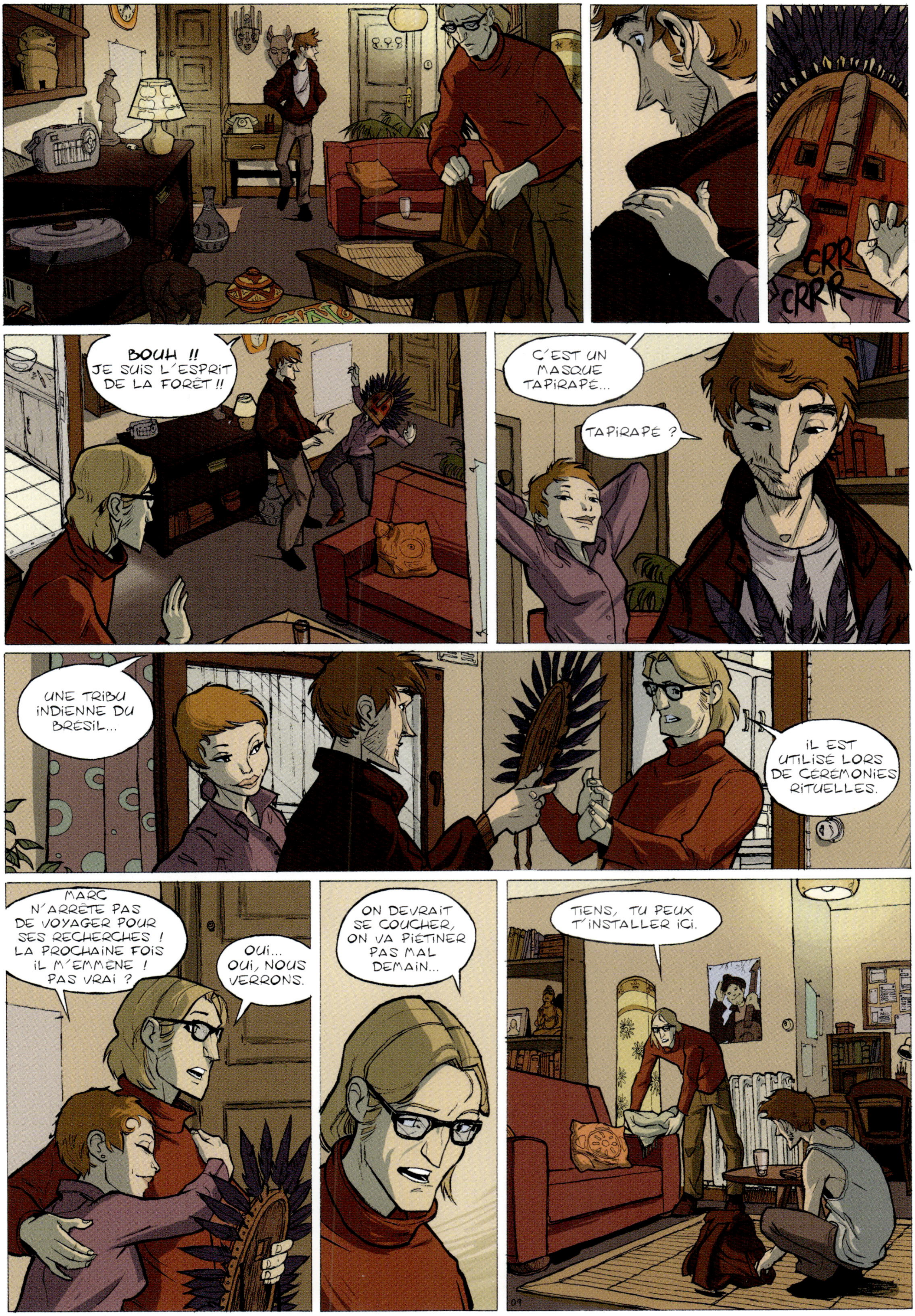
CRR CRRR
BOUH !! JE SUIS L'ESPRIT DE LA FORÊT !!
C'EST UN MASQUE TAPIRAPÉ...
TAPIRAPÉ ?
UNE TRIBU INDIENNE DU BRÉSIL...
IL EST UTILISÉ LORS DE CÉRÉMONIES RITUELLES.
MARC N'ARRÊTE PAS DE VOYAGER POUR SES RECHERCHES ! LA PROCHAINE FOIS IL M'EMMÈNE ! PAS VRAI ?
OUI... OUI, NOUS VERRONS.
ON DEVRAIT SE COUCHER, ON VA PIÉTINER PAS MAL DEMAIN...
TIENS, TU PEUX T'INSTALLER ICI.

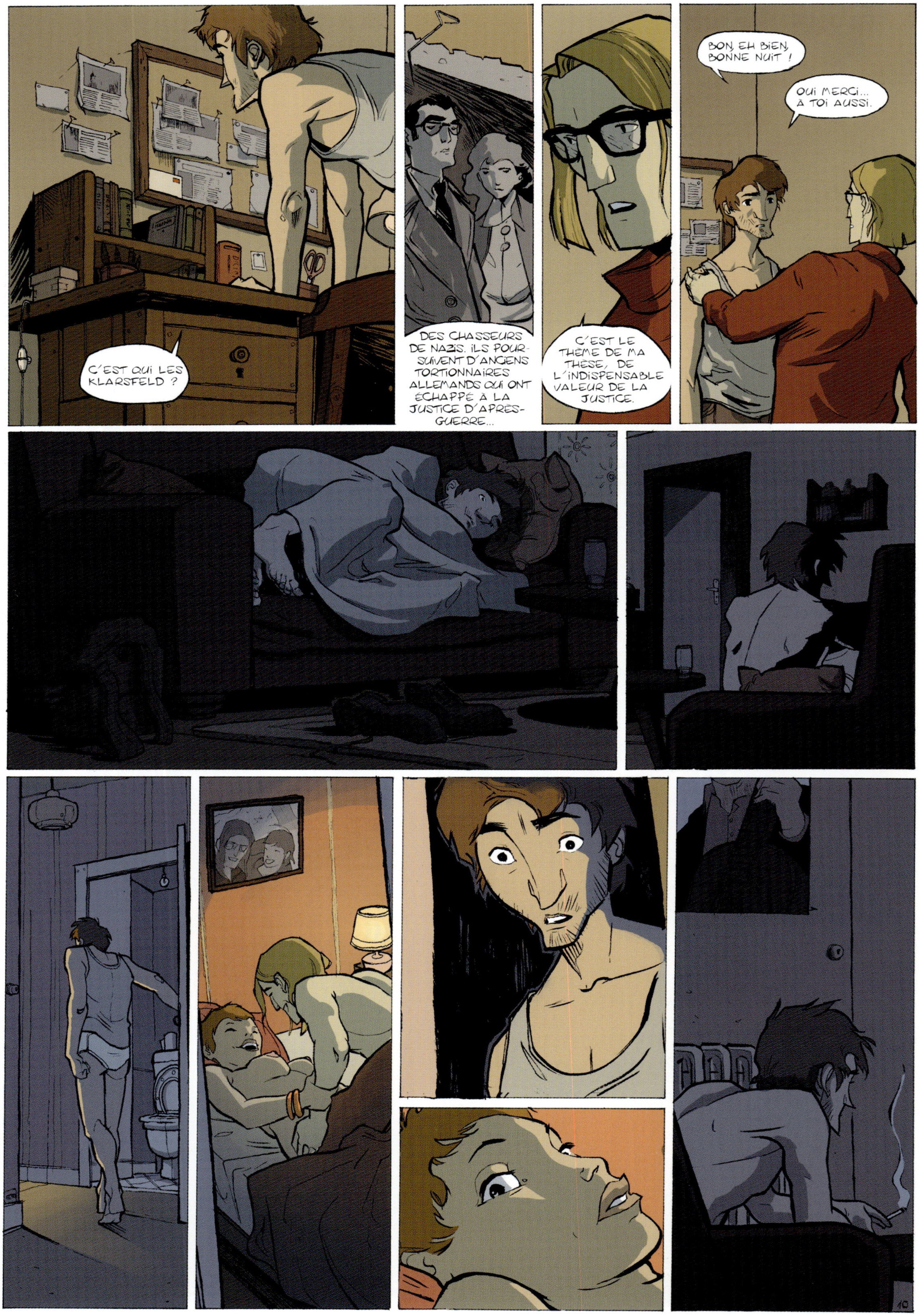
C'EST QUI LES KLARSFELD ?
DES CHASSEURS DE NAZIS. ILS POURSUIVENT D'ANCIENS TORTIONNAIRES ALLEMANDS QUI ONT ÉCHAPPÉ À LA JUSTICE D'APRÈS-GUERRE...
C'EST LE THÈME DE MA THÈSE, DE L'INDISPENSABLE VALEUR DE LA JUSTICE.
BON, EH BIEN, BONNE NUIT !
OUI MERCI... À TOI AUSSI.

10 MAI 1968.
ÉLECTIONS PIÈGE À CON !! IL EST INTERDIT D'INTERDIRE !
PFFF, ALLEZ, GABRIEL, LAISSE-TOI PORTER !
ÉLECTIONS PIÈGE À CON !! IL EST INTERDIT D'INTERDIRE !
LA CHIENLIT C'EST LUI

HO
RESTAURANT
CRS SS!!
CRS SS!

CRS SS!!
TÔÔÓ
SALAUDS!
SALAUDS!
CRS SS!!

DUCOMBIER, RAPPLIQUE ! TES PARENTS SONT LÀ.
DE POLICE
CLAIREMONT ! DEBOUT !
6894
ALORS, C'EST TOI GABRIEL CLAIREMONT...
OÙ EST-CE QUE T'ES NÉ MERDEUX ?

BIBLIOTHEQUE MUNICIPALE
ST PRYVE ST MESMIN

AH, LE MÂLE EN TOI RÉAGIT !! QU'EST-CE QU'UNE BELLE PÉPETTE FAIT AVEC UN BÂTARD COMME TOI ?
CONNAIS-TU LA DIFFÉRENCE ENTRE UN FILS DE BOCHE ET UNE HIRONDELLE ?
EH BIEN, UNE HIRONDELLE QUAND ELLE FAIT SES PETITS EN FRANCE...
... ELLE LES EMMÈNE AVEC ELLE QUAND ELLE S'EN VA, ALORS QUE LE CHLEUH, LUI, IL LES ABANDONNE SUR PLACE COMME UNE MERDE !
REMETS-MOI CETTE MERDE SUR LE TROTTOIR !
NOUS FAIRE TRAITER DE SS PAR UN REJETON DE BOCHE ÇA ME FAIT BIEN MARRER !

GABRIEL !! BON SANG ! QU'EST-CE QUI T'EST ARRIVÉ ?
ATTENDS, JE REVIENS TOUT DE SUITE.
MAIS QUI T'A...
PLUS TARD LES EXPLICATIONS, SI TU VEUX BIEN...
COMME TU VOUDRAS. CETTE CRÈME, C'EST UN TRUC DES GRAND-MÈRES DU BLED. C'EST D'UNE RARE EFFICACITÉ !
TON ABSENCE À L'USINE EST PASSÉE INAPERÇUE. LES OUVRIERS ONT REJOINT LE MOUVEMENT DE GRÈVE.
17

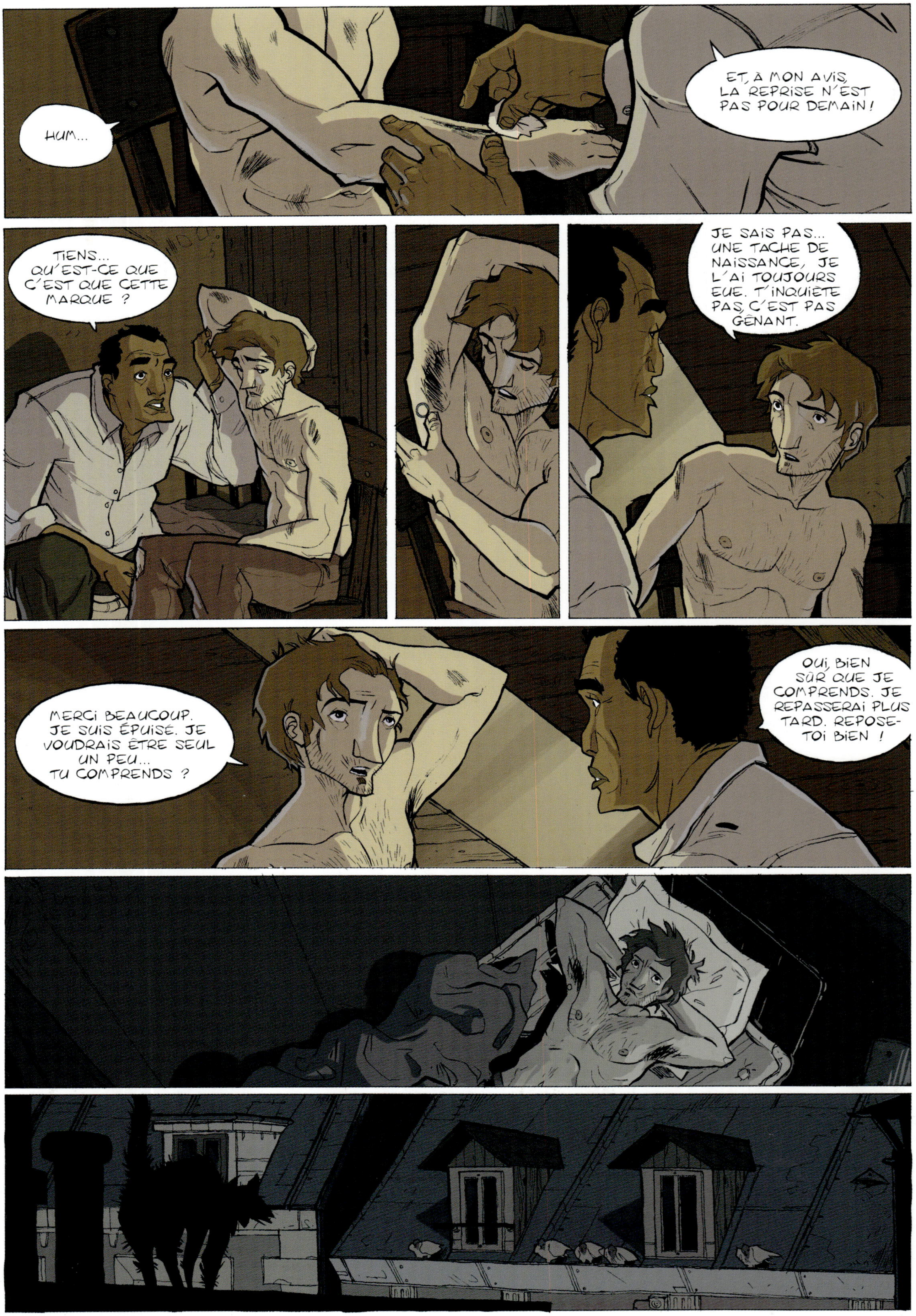
HUM...
ET, À MON AVIS, LA REPRISE N'EST PAS POUR DEMAIN !
TIENS... QU'EST-CE QUE C'EST QUE CETTE MARQUE ?
JE SAIS PAS... UNE TACHE DE NAISSANCE, JE L'AI TOUJOURS EUE. T'INQUIÈTE PAS, C'EST PAS GÊNANT.
MERCI BEAUCOUP. JE SUIS ÉPUISÉ. JE VOUDRAIS ÊTRE SEUL UN PEU... TU COMPRENDS ?
OUI, BIEN SÛR QUE JE COMPRENDS. JE REPASSERAI PLUS TARD. REPOSE-TOI BIEN !

JE NE COMPRENDS PAS POURQUOI CE CRS A ÉTÉ SI HAINEUX...
TU NE L'AVAIS JAMAIS VU AUPARAVANT ?
AU BON COIN
NON, POURTANT C'EST COMME SI LUI ME CONNAISSAIT.
CE QUE JE NE COMPRENDS PAS, C'EST POURQUOI IL T'A TRAITÉ D'ENFANT DE BOCHE.
JE SUIS UN ENFANT ADOPTÉ.
CREUSE NOVEMBRE 1945.
J'AVAIS QUELQUES SEMAINES QUAND J'AI ÉTÉ RECUEILLI...
JE CROIS QUE MON PÈRE N'ÉTAIT PAS TRÈS ENTHOUSIASTE D'AVOIR UN NOUVEAU FILS.

TU DONNES SON LAIT AU PETIT PENDANT QUE JE PRÉPARE LE REPAS ?
TU L'AS VOULU, TU TE DÉBROUILLES, ON MANGERA PLUS TARD !
MES PARENTS AVAIENT PERDU LEUR FILS UNIQUE À LA GUERRE.
J'AI BIEN ESSAYÉ DE SAVOIR...
POURQUOI VOUS ÊTES PAS MES VRAIS PARENTS ?
JE T'AI DÉJÀ EXPLIQUÉ. PARCE QUE TES PARENTS SONT MORTS.
AH... ET ILS ÉTAIENT COMMENT MON PAPA ET MA MAMAN ?
AÏE !!

HEIN MAMAN, ILS ÉTAIENT COMMENT...
MAIS QU'EST-CE QUE ÇA PEUT BIEN TE FAIRE PUISQU'ILS SONT MORTS ? C'EST RAYMOND ET MOI TES PARENTS ! T'ES PAS HEUREUX ICI ?
SI.
BON, ALORS ARRÊTE DONC DE POSER DES QUESTIONS IDIOTES. ET VA ME LAVER LES PATATES DEHORS.
CAMILLE ÉTAIT MA SEULE VRAIE AMIE...
TIENS, C'EST POUR TOI. JE L'AI TROUVÉ AU GRENIER.

ON S'AMUSAIT BIEN ENSEMBLE.
ENCORE EUX !!!
SI JE VOUS ATTRAPE !
CÔT CÔT CÔT CÔT CÔÔÔÔT
JE VOUS TANNE LA PEAU DES FESSES !
HAHA
TU VIENS TE BAIGNER ?
EUH, NON... PAS ENVIE LÀ.
T'AS TORT ELLE EST DRÔLEMENT BONNE !!

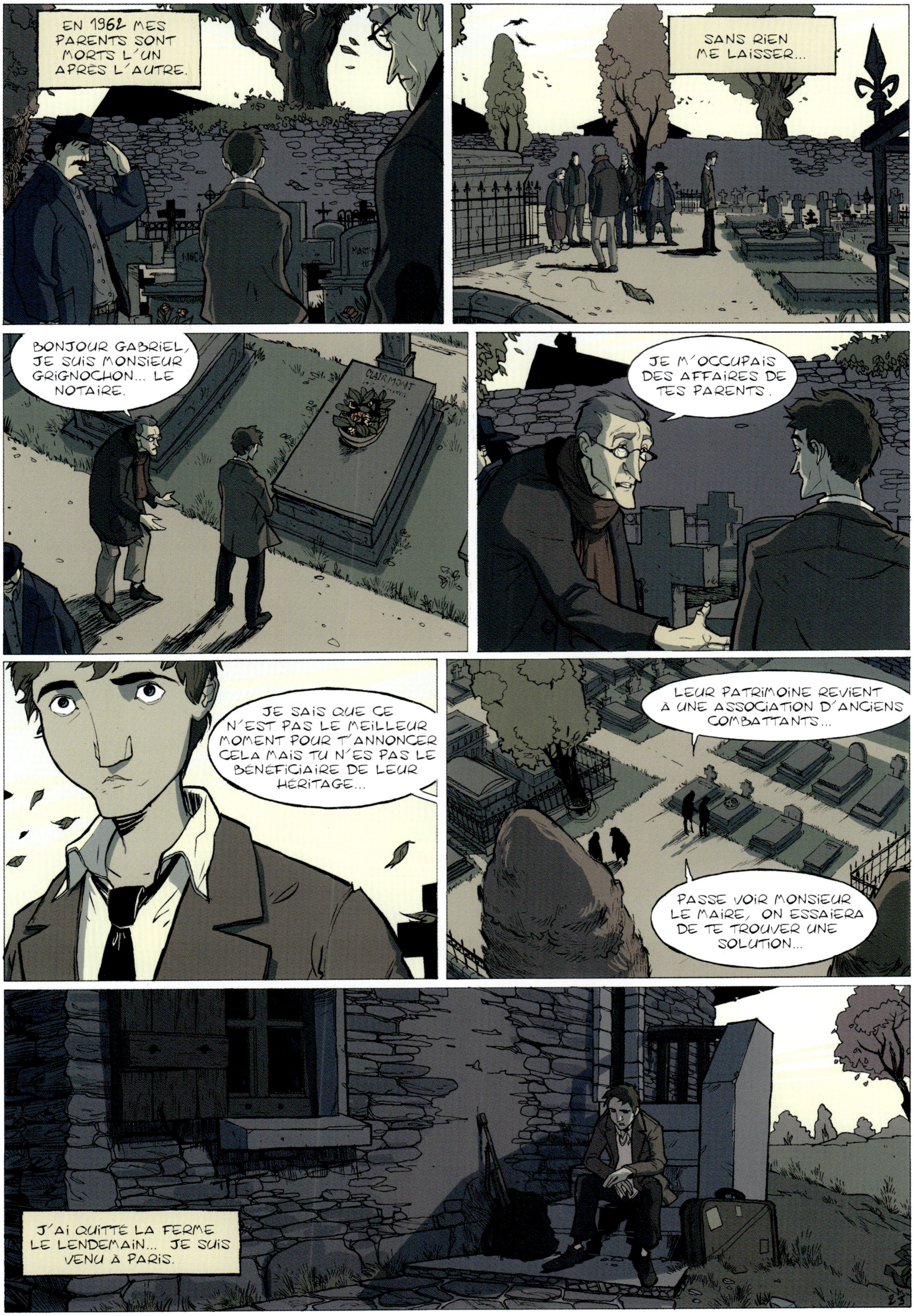
EN 1962 MES PARENTS SONT MORTS L'UN APRÈS L'AUTRE.
SANS RIEN ME LAISSER...
BONJOUR GABRIEL, JE SUIS MONSIEUR GRIGNOCHON... LE NOTAIRE.
CLAIRMONT
JE M'OCCUPAIS DES AFFAIRES DE TES PARENTS.
JE SAIS QUE CE N'EST PAS LE MEILLEUR MOMENT POUR T'ANNONCER CELA MAIS TU N'ES PAS LE BÉNÉFICIAIRE DE LEUR HÉRITAGE...
LEUR PATRIMOINE REVIENT À UNE ASSOCIATION D'ANCIENS COMBATTANTS...
PASSE VOIR MONSIEUR LE MAIRE, ON ESSAIERA DE TE TROUVER UNE SOLUTION...
J'AI QUITTÉ LA FERME LE LENDEMAIN... JE SUIS VENU À PARIS.

... PARCE QUE CAMILLE Y ÉTAIT DEPUIS QUELQUES MOIS POUR SUIVRE SES ÉTUDES.
PEUT-ÊTRE DEVRAIS-TU CREUSER TES ORIGINES...
ENFIN AVANT TON ADOPTION, TES VRAIS PARENTS.
POUR QUOI FAIRE? MON ENFANCE N'A PAS ÉTÉ MERVEILLEUSE, MAIS MES PARENTS N'ONT JAMAIS ÉTÉ MÉCHANTS. C'EST MON PASSÉ.
TU AS RAISON MAIS TU DEVRAIS QUAND MÊME TE POSER DES QUESTIONS DE TEMPS EN TEMPS.
POURQUOI TU ME DIS ÇA ?
PARCE QUE TU NE T'INTERROGES JAMAIS. TU NE CHERCHES PAS À COMPRENDRE CE QUI SE PASSE AUTOUR DE TOI, VOILÀ POURQUOI.
VIENS, JE VEUX TE MONTRER QUELQUE CHOSE...
MON NOUVEAU PALAIS !!

HUM...
DANS QUELQUES SEMAINES, JE M'INSTALLE ICI AVEC MA FEMME ET MES ENFANTS. J'AI RÉUNI SUFFISAMMENT POUR LES ACCUEILLIR.
JE NE LES AI PAS VUS DEPUIS TROIS ANS.
SAVOIR COMMENT MES ENFANTS ONT ÉVOLUÉ...
COMPRENDRE LES PETITS BONHEURS ET MALHEURS DE MA FEMME... C'EST IMPORTANT, LA FAMILLE...
CHEZ PIERROT
BOULANGERIE

J'ESPÈRE QUE T'ES PAS UN DE CES FOUILLE-MERDE QU'EMPÊCHENT LES GENS DE BOSSER.
OÙ VAS-TU ?
À GAUDREVILLE-LAFORÊT.
NON, NON ! J'SUIS UN OUVRIER, MON USINE EST BLOQUÉE !
AH LES CONS ! ET QU'EST-CE QUE TU VAS FAIRE À GAUDREVILLE ?
JE VAIS... JE VAIS VOIR MES PARENTS VOILÀ.
BON, ESPÉRONS QU'ON ARRIVERA JUSQUE-LÀ ! PARCE QU'AVEC TOUTE CETTE MERDE PLUS POSSIBLE DE FAIRE LE PLEIN D'ESSENCE !
GAUDREVIL
LAFORÊT

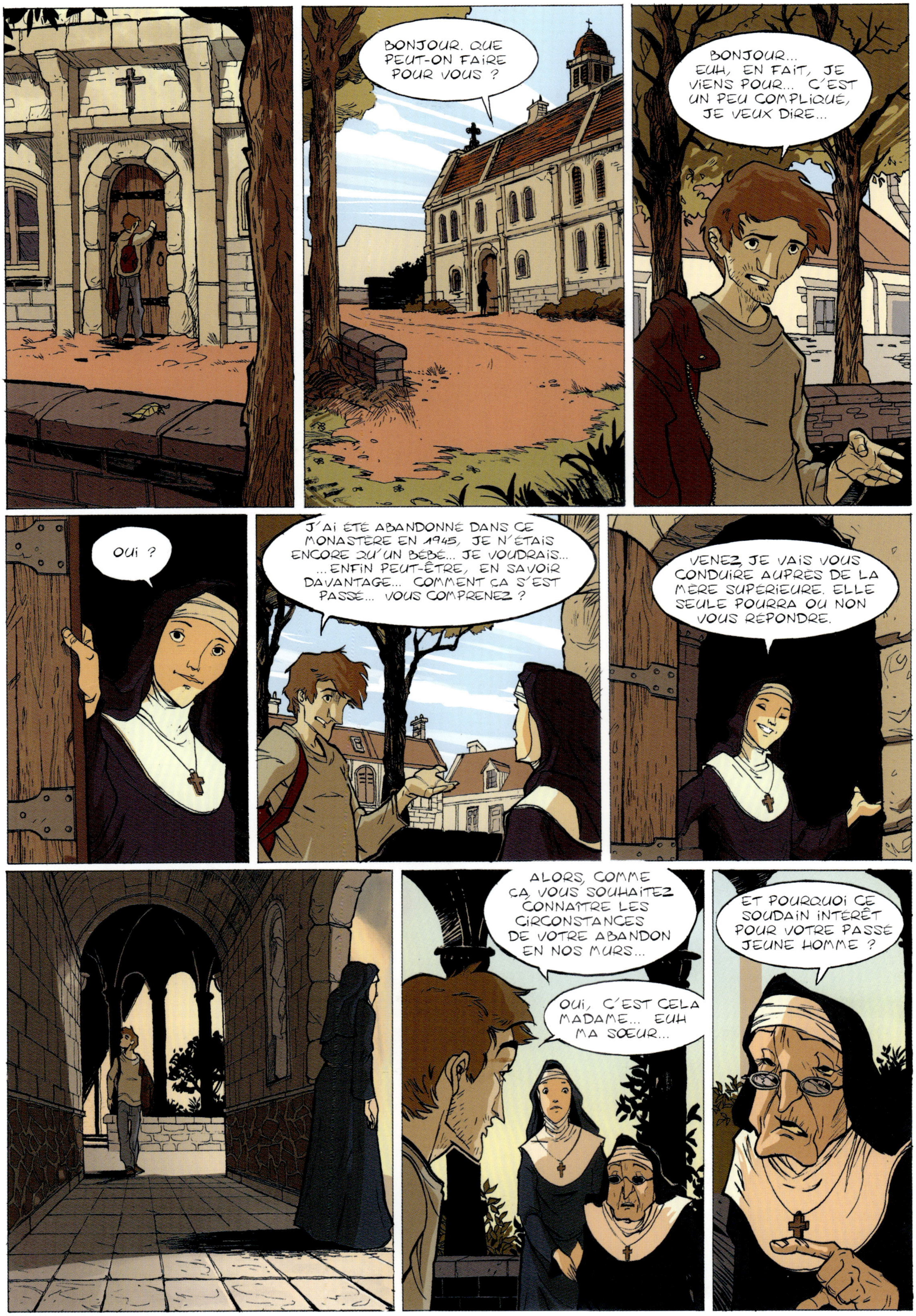
BONJOUR. QUE PEUT-ON FAIRE POUR VOUS ?
BONJOUR... EUH, EN FAIT, JE VIENS POUR... C'EST UN PEU COMPLIQUÉ, JE VEUX DIRE...
OUI ?
J'AI ÉTÉ ABANDONNÉ DANS CE MONASTÈRE EN 1945, JE N'ÉTAIS ENCORE QU'UN BÉBÉ... JE VOUDRAIS... ...ENFIN PEUT-ÊTRE, EN SAVOIR DAVANTAGE... COMMENT ÇA S'EST PASSÉ... VOUS COMPRENEZ ?
VENEZ, JE VAIS VOUS CONDUIRE AUPRÈS DE LA MÈRE SUPÉRIEURE. ELLE SEULE POURRA OU NON VOUS RÉPONDRE.
ALORS, COMME ÇA VOUS SOUHAITEZ CONNAÎTRE LES CIRCONSTANCES DE VOTRE ABANDON EN NOS MURS...
OUI, C'EST CELA MADAME... EUH MA SOEUR...
ET POURQUOI CE SOUDAIN INTÉRÊT POUR VOTRE PASSÉ JEUNE HOMME ?

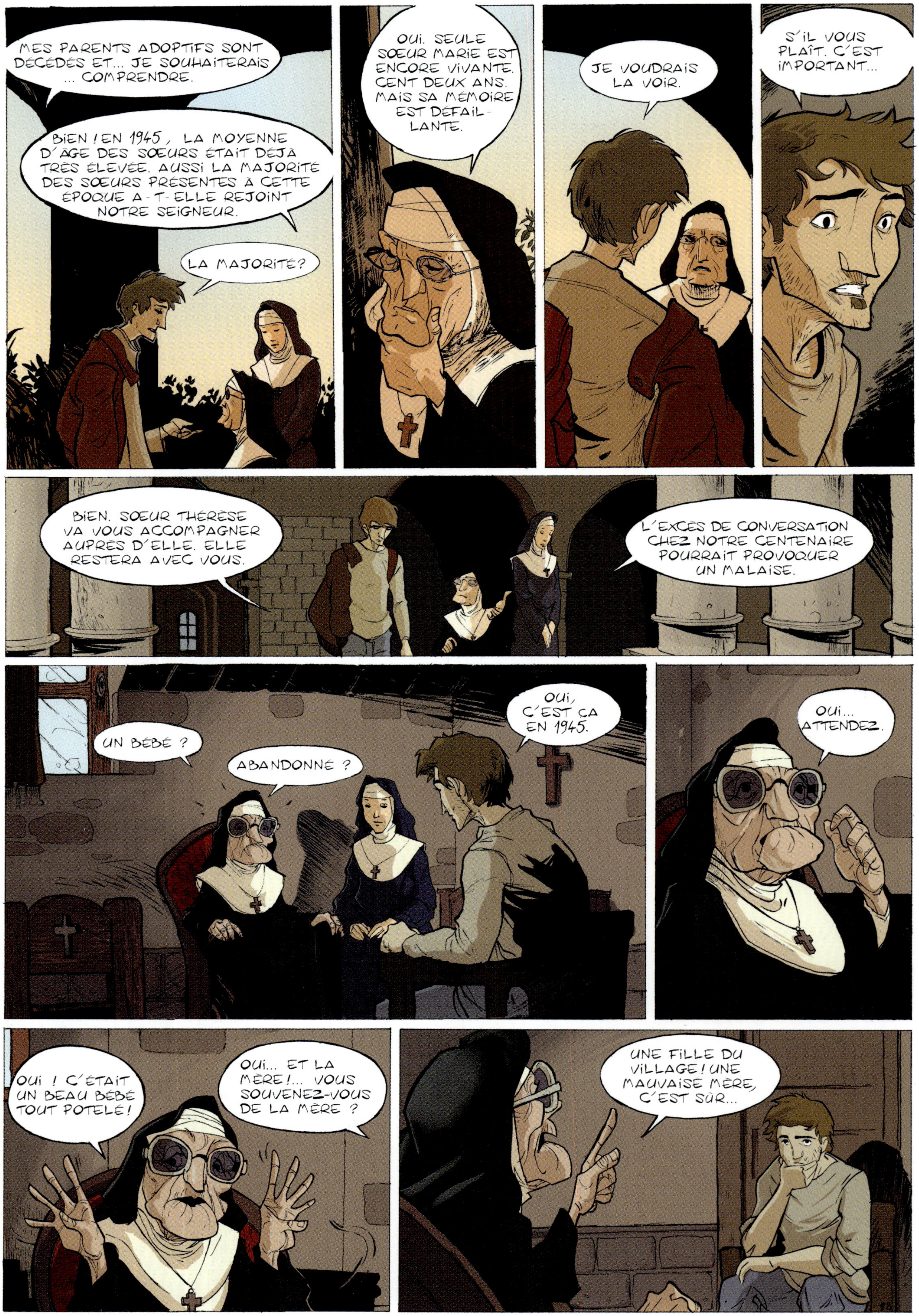
MES PARENTS ADOPTIFS SONT DÉCÉDÉS ET... JE SOUHAITERAIS ... COMPRENDRE.
BIEN ! EN 1945, LA MOYENNE D'ÂGE DES SOEURS ÉTAIT DÉJÀ TRÈS ÉLEVÉE. AUSSI LA MAJORITÉ DES SOEURS PRÉSENTES À CETTE ÉPOQUE A-T-ELLE REJOINT NOTRE SEIGNEUR.
LA MAJORITÉ?
OUI. SEULE SOEUR MARIE EST ENCORE VIVANTE. CENT DEUX ANS. MAIS SA MÉMOIRE EST DÉFAIL-LANTE.
JE VOUDRAIS LA VOIR.
S'IL VOUS PLAÎT. C'EST IMPORTANT...
BIEN. SOEUR THÉRÈSE VA VOUS ACCOMPAGNER AUPRÈS D'ELLE. ELLE RESTERA AVEC VOUS.
L'EXCÈS DE CONVERSATION CHEZ NOTRE CENTENAIRE POURRAIT PROVOQUER UN MALAISE.
UN BÉBÉ ?
ABANDONNÉ ?
OUI, C'EST ÇA EN 1945.
OUI... ATTENDEZ.
OUI ! C'ÉTAIT UN BEAU BÉBÉ TOUT POTELÉ !
OUI... ET LA MÈRE !... VOUS SOUVENEZ-VOUS DE LA MÈRE ?
UNE FILLE DU VILLAGE ! UNE MAUVAISE MÈRE, C'EST SÛR...

ELLE S'APPELAIT COMMENT ?
HEUREUSEMENT QU'ELLE NOUS L'A LAISSÉ. PARCE QU'IL ÉTAIT PAS BEAU À VOIR.
PAS BEAU À VOIR ? QUI ÇA MA SOEUR ?
LE BÉBÉ ! IL ÉTAIT TOUT CHÉTIF, TOUT MALADE...
MAIS VOUS VENEZ DE ME DIRE QUE C'ÉTAIT UN BEAU BÉBÉ !!
NON, NON... SUZETTE !
SUZETTE ? SUZETTE COMMENT, S'IL VOUS PLAÎT ?
BONCOEUR... IL PLEUVAIT CE SOIR-LÀ...
NON...
JE CROIS QUE JE ME TROMPE. C'ÉTAIT UNE BELLE NUIT ÉTOILÉE...
JEUNE HOMME ?
OUI ?

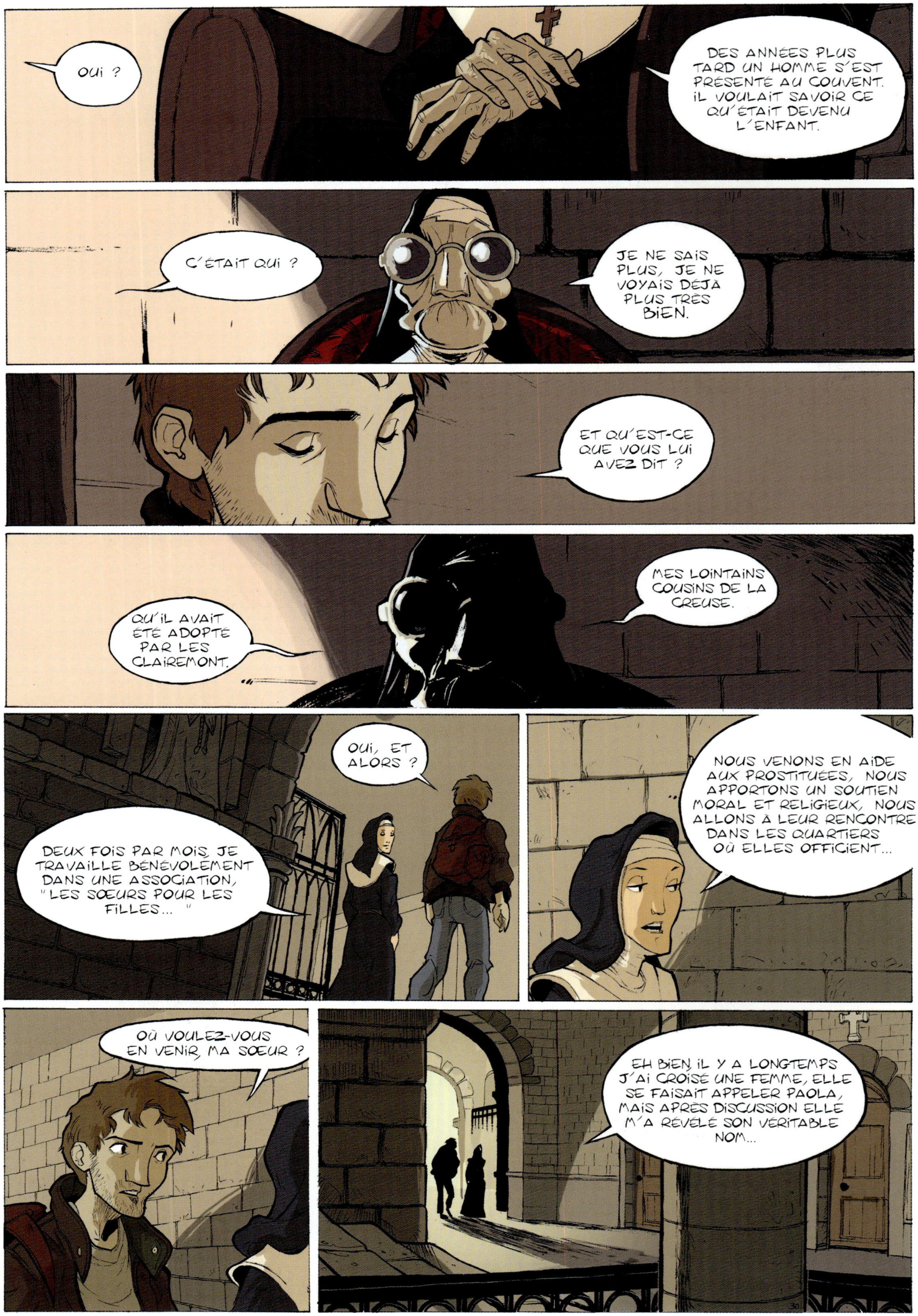
OUI ?
DES ANNÉES PLUS TARD UN HOMME S'EST PRÉSENTÉ AU COUVENT. IL VOULAIT SAVOIR CE QU'ÉTAIT DEVENU L'ENFANT.
C'ÉTAIT QUI ?
JE NE SAIS PLUS, JE NE VOYAIS DÉJÀ PLUS TRÈS BIEN.
ET QU'EST-CE QUE VOUS LUI AVEZ DIT ?
QU'IL AVAIT ÉTÉ ADOPTÉ PAR LES CLAIREMONT.
MES LOINTAINS COUSINS DE LA CREUSE.
OUI, ET ALORS ?
DEUX FOIS PAR MOIS, JE TRAVAILLE BÉNÉVOLEMENT DANS UNE ASSOCIATION, "LES SOEURS POUR LES FILLES... "
NOUS VENONS EN AIDE AUX PROSTITUÉES, NOUS APPORTONS UN SOUTIEN MORAL ET RELIGIEUX, NOUS ALLONS À LEUR RENCONTRE DANS LES QUARTIERS OÙ ELLES OFFICIENT...
OÙ VOULEZ-VOUS EN VENIR, MA SOEUR ?
EH BIEN, IL Y A LONGTEMPS J'AI CROISÉ UNE FEMME, ELLE SE FAISAIT APPELER PAOLA, MAIS APRÈS DISCUSSION ELLE M'A RÉVÉLÉ SON VÉRITABLE NOM...

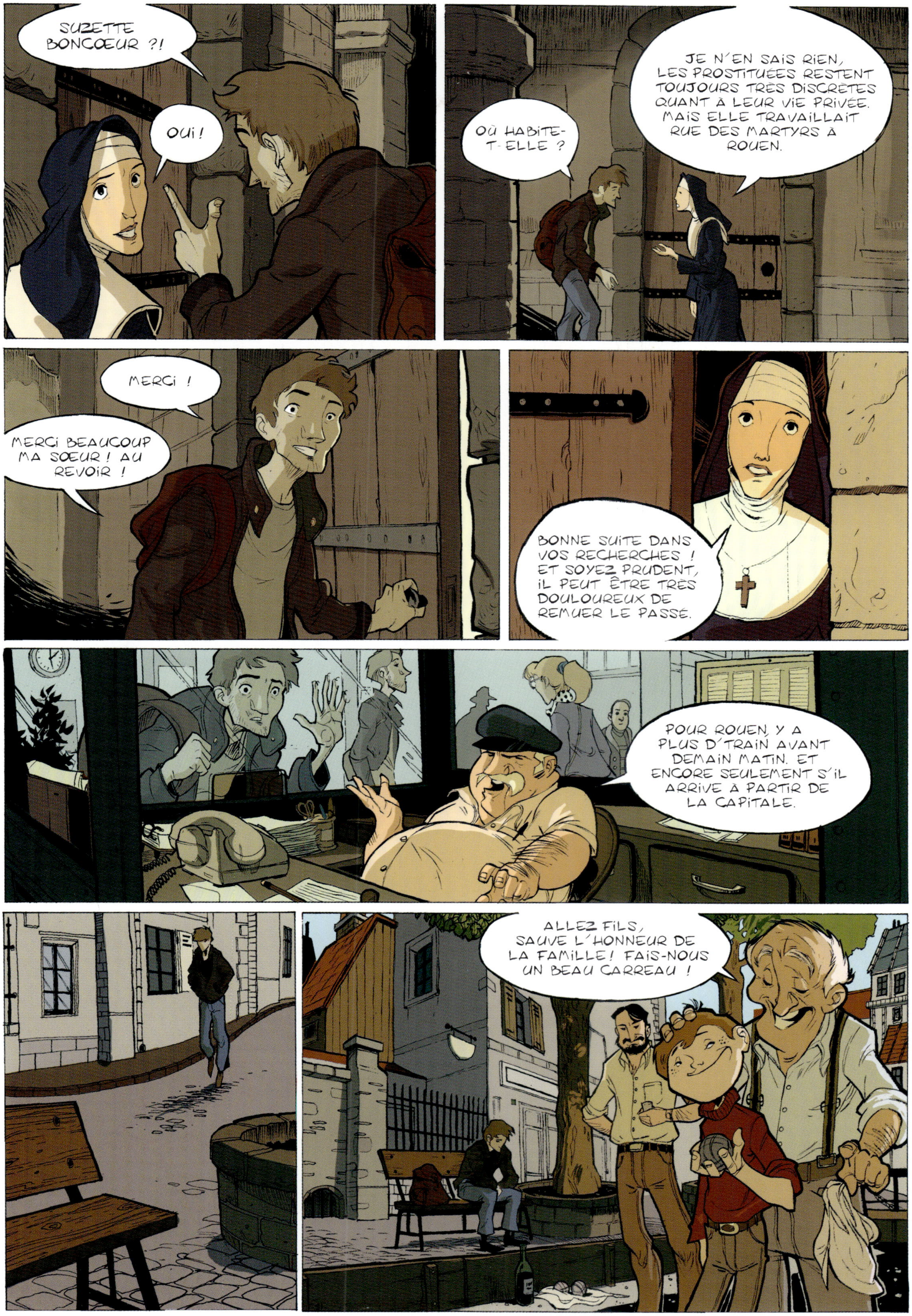
SUZETTE BONCOEUR ?!
OUI !
OÙ HABITE-T-ELLE ?
JE N'EN SAIS RIEN, LES PROSTITUÉES RESTENT TOUJOURS TRÈS DISCRÈTES QUANT À LEUR VIE PRIVÉE. MAIS ELLE TRAVAILLAIT RUE DES MARTYRS À ROUEN.
MERCI !
MERCI BEAUCOUP MA SOEUR ! AU REVOIR !
BONNE SUITE DANS VOS RECHERCHES ! ET SOYEZ PRUDENT, IL PEUT ÊTRE TRÈS DOULOUREUX DE REMUER LE PASSÉ.
POUR ROUEN, Y A PLUS D'TRAIN AVANT DEMAIN MATIN. ET ENCORE SEULEMENT S'IL ARRIVE À PARTIR DE LA CAPITALE.
ALLEZ FILS, SAUVE L'HONNEUR DE LA FAMILLE ! FAIS-NOUS UN BEAU CARREAU !

ROUEN.
SALUT MON MIGNON. TU VEUX DES SOUVENIRS INOUBLIABLES ?
NON MERCI ! EN FAIT JE CHERCHE "PAOLA", VOUS POUVEZ M'AIDER ?
SI JEUNE ET DÉJÀ DES HABITUDES. C'EST TRISTE. DÉMERDE-TOI.
SOIS PAS GARCE, C'EST UN MÔME, ÇA DOIT ÊTRE SA PREMIÈRE FOIS, IL A BESOIN D'UNE MAMAN !
AU NUMÉRO 21, ET SI ELLE EST PAS LÀ, C'EST QU'ELLE EST OCCUPÉE. FAUDRA QUE T'ATTENDES TON TOUR.
MERCI !
SALUT BEAU GOSSE, TU MONTES ?
EUH... OUI... VOUS ÊTES PAOLA?

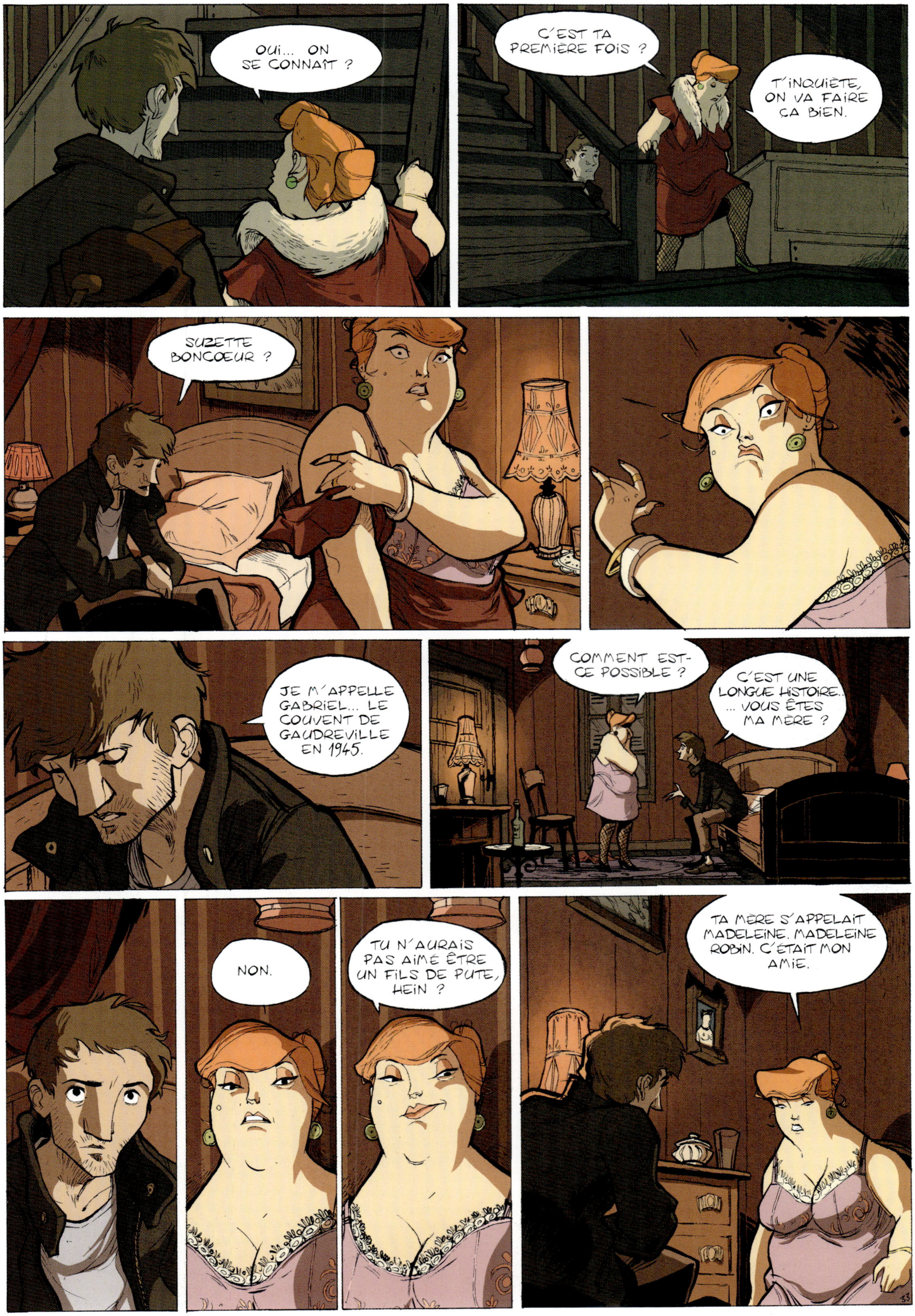
OUI... ON SE CONNAÎT ?
C'EST TA PREMIÈRE FOIS ?
T'INQUIÈTE, ON VA FAIRE ÇA BIEN.
SUZETTE BONCOEUR ?
JE M'APPELLE GABRIEL... LE COUVENT DE GAUDREVILLE EN 1945.
COMMENT EST-CE POSSIBLE ?
C'EST UNE LONGUE HISTOIRE... VOUS ÊTES MA MÈRE ?
NON.
TU N'AURAIS PAS AIMÉ ÊTRE UN FILS DE PUTE, HEIN ?
TA MÈRE S'APPELAIT MADELEINE. MADELEINE ROBIN. C'ÉTAIT MON AMIE.

GAUDREVILLE-LAFORÊT, AVRIL 1944.
Y AVAIT PLUS BEAUCOUP DE GARS À GAUDREVILLE EN 1944.
ILS ÉTAIENT MORTS, EN ALLEMAGNE POUR LE STO, OU DANS LA RÉSISTANCE... ... ALORS IL Y AVAIT LES FILLES QUI BOUDAIENT LES ALLEMANDS, ET LES AUTRES...
ON A DIT BEAUCOUP DE MAL D'EUX... MAIS TU SAIS, LES SOLDATS ALLEMANDS ÉTAIENT GENTILS ET ATTENTIONNÉS, PAS COMME LES GARS DE CHEZ NOUS POUR QUI LES FEMMES SONT BONNES À SE FAIRE ENGROSSER ET À FAIRE LA POPOTTE !
AVEC MADELEINE, ON EN AVAIT RENCONTRÉ DEUX, MOI IL S'APPELAIT WOLFGANG, COMME LE MUSICIEN ! CELUI DE MADELEINE C'ÉTAIT HANS-PETER KRÜGER, IL ÉTAIT BEAU ! J'ÉTAIS PRESQUE JALOUSE.
MAIS MADELEINE ELLE VOULAIT PAS TROP QU'ON NOUS VOIT AVEC DES ALLEMANDS. ALORS ON RESTAIT DISCRÈTES, ON LES RETROUVAIT EN CACHETTE.

WOLFGANG ÉTAIT AUSSI ENTREPRENANT QUE HANS-PETER ÉTAIT TIMIDE, MAIS ÇA CONVENAIT À MADELEINE.
JE NE ME RAPPELLE MÊME PAS LES AVOIR VUS S'EMBRASSER. ILS ÉTAIENT BIEN ENSEMBLE, C'EST TOUT.
ILS NOUS OFFRAIENT DES PETITS CADEAUX...
SURPRISE !
QU'EST-CE QUE C'EST QUE ÇA ?!
DU CHOCOLAT DE BOCHE !!
ON EN A PAS MANGÉ DEPUIS DES MOIS !
COMMENT OSES-TU ?!

... ALORS QUE TON FRÈRE RISQUE SA VIE CHAQUE JOUR DANS LA RÉSISTANCE...
COMBIEN DE FOIS AS-TU ÉCARTÉ LES CUISSES POUR OBTENIR CE CHOCOLAT ?!
C'EST PAS VRAI !!
NON J'AI RIEN FAIT ! J'AI RIEN FAIT !!
MARCEL ! ... NON
NE LA DÉFENDS PAS ! TA FILLE N'EST QU'UNE CATIN !!
MALGRÉ CET INCIDENT AVEC SON PÈRE, MADELEINE EST RESTÉE SOUS LE CHARME DE SON BEAU SOLDAT.
ELLE NE SE CACHAIT PLUS NARGUANT LES MÉGÈRES ET LES CULS-TERREUX.

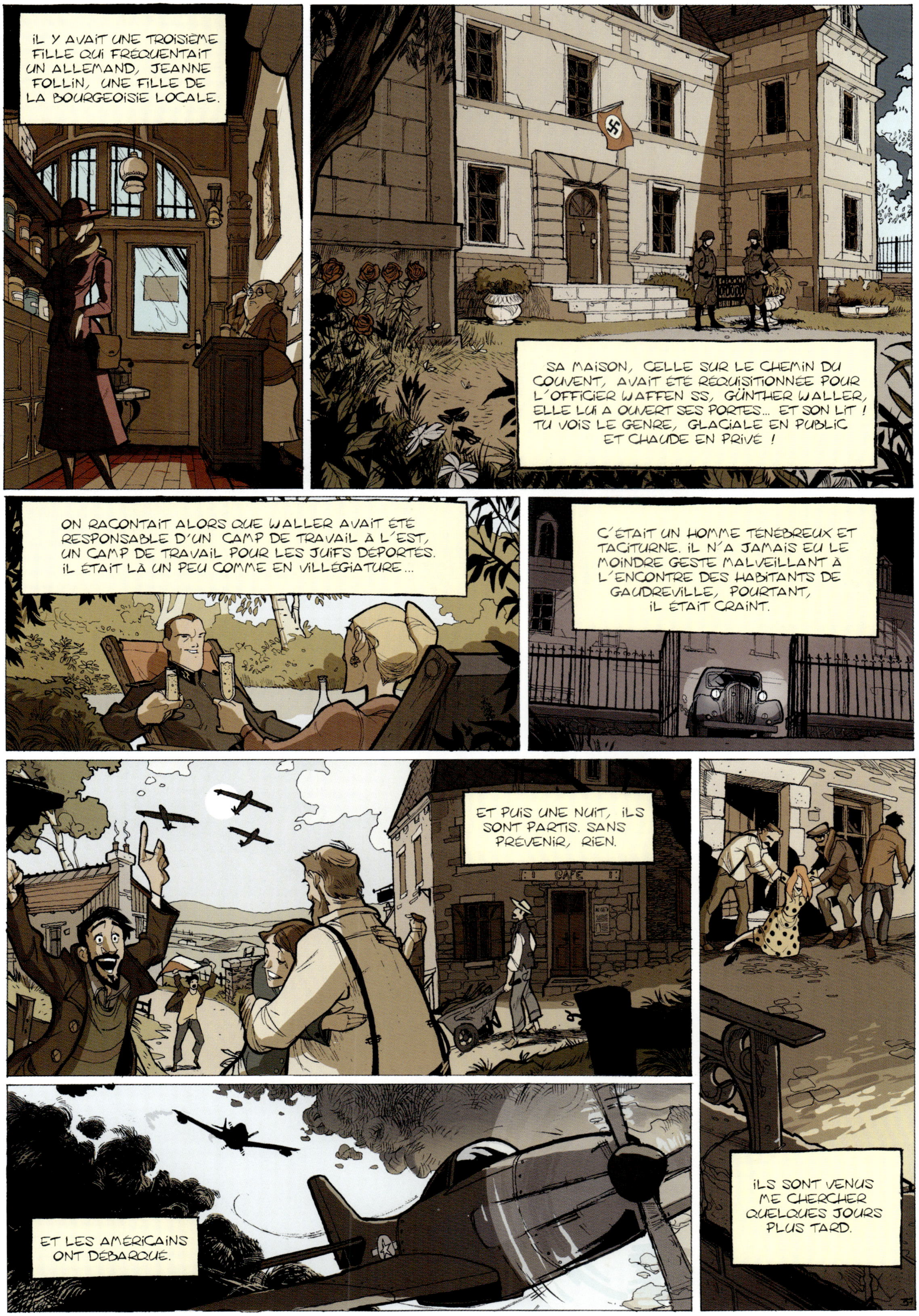
IL Y AVAIT UNE TROISIÈME FILLE QUI FRÉQUENTAIT UN ALLEMAND, JEANNE FOLLIN, UNE FILLE DE LA BOURGEOISIE LOCALE.
SA MAISON, CELLE SUR LE CHEMIN DU COUVENT, AVAIT ÉTÉ RÉQUISITIONNÉE POUR L'OFFICIER WAFFEN SS, GÜNTHER WALLER, ELLE LUI A OUVERT SES PORTES... ET SON LIT ! TU VOIS LE GENRE, GLACIALE EN PUBLIC ET CHAUDE EN PRIVÉ !
ON RACONTAIT ALORS QUE WALLER AVAIT ÉTÉ RESPONSABLE D'UN CAMP DE TRAVAIL À L'EST, UN CAMP DE TRAVAIL POUR LES JUIFS DÉPORTÉS. IL ÉTAIT LÀ UN PEU COMME EN VILLÉGIATURE...
C'ÉTAIT UN HOMME TÉNÉBREUX ET TACITURNE. IL N'A JAMAIS EU LE MOINDRE GESTE MALVEILLANT À L'ENCONTRE DES HABITANTS DE GAUDREVILLE, POURTANT, IL ÉTAIT CRAINT.
ET PUIS UNE NUIT, ILS SONT PARTIS. SANS PRÉVENIR, RIEN.
CAFÉ
ILS SONT VENUS ME CHERCHER QUELQUES JOURS PLUS TARD.
ET LES AMÉRICAINS ONT DÉBARQUÉ.

BANDE DE SALAUDS!
RESISTANTS DE MON CUL!!
NOON!!
TRAINÉES!!
PAILLASSES À BOCHES!
TRAINÉES!!
PAILLASSE
QUAND J'Y REPENSE, MADELEINE C'ÉTAIT ENCORE QU'UNE GAMINE...
LES SALAUDS !

VIENS, TON FRÈRE ET TON PÈRE NE SONT PAS LÀ...
LES AMÉRICAINS SONT ARRIVÉS LE JOUR OÙ JE PARTAIS, BIEN DÉCIDÉE À NE PLUS REMETTRE LES PIEDS DANS CETTE VILLE DE CINGLÉS...
POURTANT ILS ÉTAIENT PAS VILAINS LES RICAINS.
C'EST PLUSIEURS MOIS APRÈS QUE MADELEINE A REPRIS CONTACT AVEC MOI. ELLE ÉTAIT SUR LE POINT D'ACCOUCHER ALORS QUE SON PÈRE L'AVAIT MISE DEHORS.
UN AMI M'A DÉPOSÉE. REVENIR DANS CE PATELIN, ÇA ME SOULEVAIT LE COEUR, TU PEUX PAS SAVOIR...
JE NE SAIS PAS COMMENT, ELLE AVAIT ACCOUCHÉ... LE BÉBÉ... ENFIN T'ÉTAIS NÉ LA VEILLE.
39

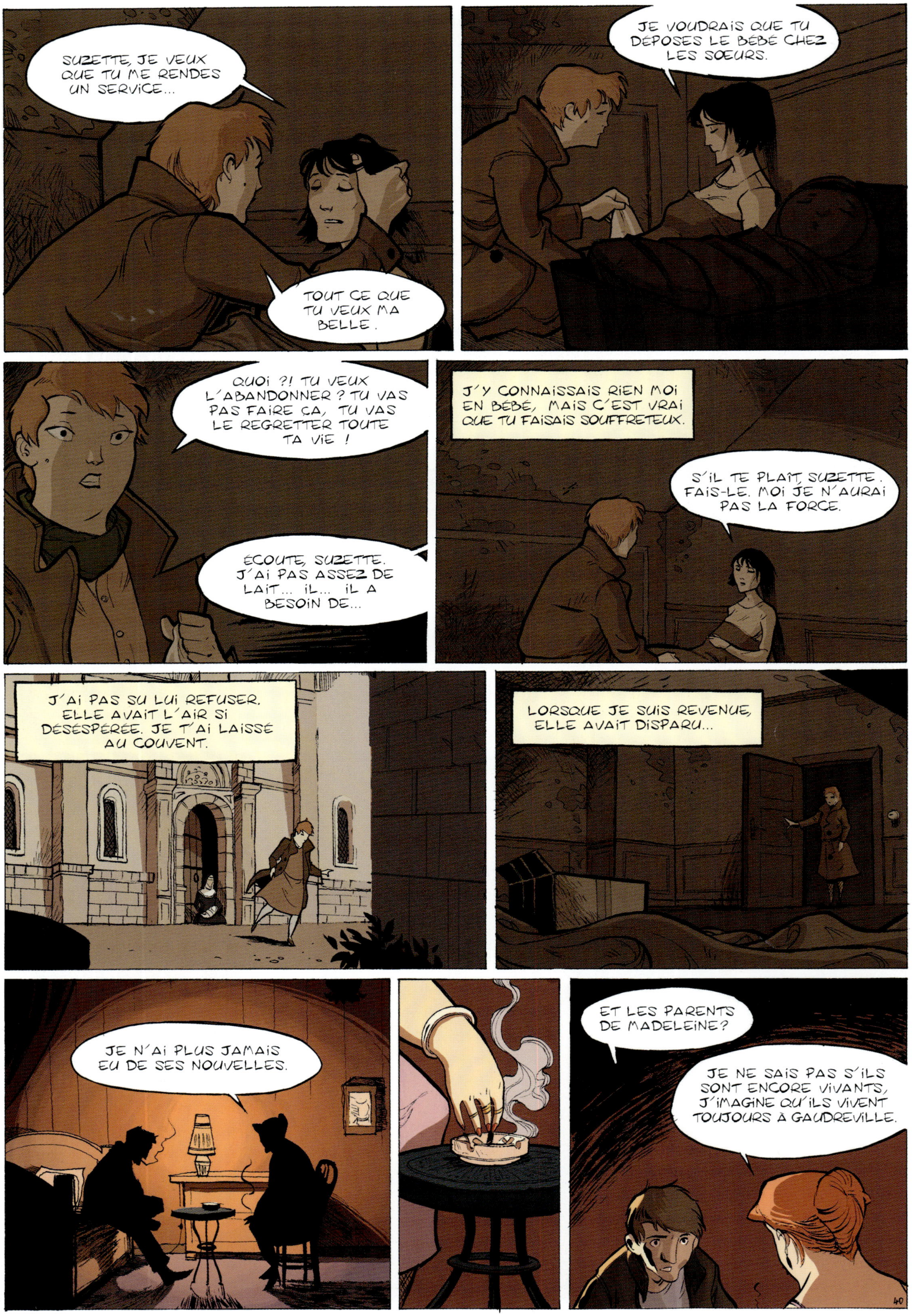
SUZETTE, JE VEUX QUE TU ME RENDES UN SERVICE...
TOUT CE QUE TU VEUX MA BELLE.
JE VOUDRAIS QUE TU DÉPOSES LE BÉBÉ CHEZ LES SOEURS.
QUOI ?! TU VEUX L'ABANDONNER ? TU VAS PAS FAIRE ÇA, TU VAS LE REGRETTER TOUTE TA VIE !
ÉCOUTE, SUZETTE. J'AI PAS ASSEZ DE LAIT... IL... IL A BESOIN DE...
J'Y CONNAISSAIS RIEN MOI EN BÉBÉ, MAIS C'EST VRAI QUE TU FAISAIS SOUFFRETEUX.
S'IL TE PLAÎT, SUZETTE. FAIS-LE. MOI JE N'AURAI PAS LA FORCE.
J'AI PAS SU LUI REFUSER. ELLE AVAIT L'AIR SI DÉSESPÉRÉE. JE T'AI LAISSÉ AU COUVENT.
LORSQUE JE SUIS REVENUE, ELLE AVAIT DISPARU...
JE N'AI PLUS JAMAIS EU DE SES NOUVELLES.
ET LES PARENTS DE MADELEINE?
JE NE SAIS PAS S'ILS SONT ENCORE VIVANTS, J'IMAGINE QU'ILS VIVENT TOUJOURS À GAUDREVILLE.
40

ALLEZ FAUT QUE JE BOSSE. LES SOUVENIRS, C'EST PAS UN BON GAGNE-PAIN !
JEANNE FOLLIN, QU'EST-CE QU'ELLE EST DEVENUE ?
LA JEANNE, ELLE AVAIT FRICOTÉ AVEC DU GRADÉ, IL PARAÎT QU'ELLE A FAIT DE LA PRISON ET QU'ELLE EST DEVENUE MABOULE.
ÇA M'ÉTONNE PAS. DÉJÀ À L'ÉPOQUE ON VOYAIT BIEN QUE TOUT NE TOURNAIT PAS ROND CHEZ ELLE...
ÇA M'A FAIT PLAISIR DE VOIR LE BEAU GAILLARD QUE T'ES DEVENU !... SI J'AVAIS QUELQUES ANNÉES DE MOINS...
ALLEZ, FILE ! FAUT QUE JE TROUVE UN CLIENT PLUS RENTABLE QUE TOI.
MERCI !
SI TU LA RETROUVES, PASSE-LUI LE BONJOUR.

M. ROBIN
21
BONJOUR JE SUIS BIEN CHEZ M. ET MME ROBIN ?
CHEZ M. ROBIN OUI. MA FEMME EST DÉCÉDÉE, QU'EST-CE QUE JE PEUX FAIRE POUR VOUS, JEUNE HOMME ?
JE SUIS... JE SUIS VOTRE PETIT-FILS.
HEIN?! QUOI ? JE N'AI PAS DE PETITS-ENFANTS !!!
JE SUIS LE FILS DE VOTRE FILLE, MADELEINE !
JE N'AI PAS DE FILLE !!!
CLAC
ATTENDEZ ! JE VEUX VOUS PARLER, OUVREZ S'IL VOUS PLAIT!
JE N'AI PLUS DE FILLE DEPUIS TRÈS LONGTEMPS PARTEZ !!
FOUTEZ-MOI LE CAMP !!
ET JE NE VEUX PLUS JAMAIS VOUS REVOIR !
LE CRS !

C'EST DEBILE...
... SI ÇA SE TROUVE, ELLE N'HABITE PLUS PARIS...
C'EST SÛR "ROBIN" C'EST COURANT COMME NOM DE FAMILLE... ET PUIS SI ELLE S'EST MARIÉE, ELLE A PU CHANGER DE NOM.
NNUAIRE
ET SI TU CHERCHAIS DU CÔTÉ DE TON PÈRE HANS-PETER ?
J'AI PAS ENVIE DE RENCONTRER UN NAZI. C'EST DÉJÀ ASSEZ DUR DE ME DIRE QUE JE SUIS PROBABLEMENT LE FILS D'UN ASSASSIN.
TOUS LES ALLEMANDS N'ÉTAIENT PAS DES NAZIS CONVAINCUS...
... ET, D'APRÈS CE QUE TU M'AS RACONTÉ, CE N'ÉTAIT QU'UN SIMPLE SOLDAT ENGAGÉ MALGRÉ LUI DANS LA GUERRE.
ATTENDS... J'AI LU UN ARTICLE...
TIENS, LÀ, REGARDE. LA WAST, LES ARCHIVES DE LA WEHRMACHT À BERLIN. CHAQUE SOLDAT Y A UN DOSSIER RÉCAPITULANT SON PARCOURS DANS LES ARMÉES ALLEMANDES.
ILS DISENT QU'IL SUFFIT D'UN PRÉNOM, D'UN NOM, D'UN GRADE OU DU NOM D'UNE VILLE POUR RETROUVER LE SOLDAT RECHERCHÉ.

VOILÀ, VOUS SAVEZ TOUT. CETTE HISTOIRE ME REMUE BEAUCOUP... JE NE SAIS PAS SI C'EST UNE BONNE IDÉE DE M'ÊTRE LANCÉ LÀ-DEDANS...
SI ! C'EST TRÈS COURAGEUX.
ET CE GÜNTHER WALLER, TU N'EN SAIS PAS PLUS ?
NON... ET PUIS CE N'EST PAS LUI QUI M'INTÉRESSE.
OUI, BIEN SÛR. JE PEUX PEUT-ÊTRE T'AIDER...
OUI ?
L'IDÉE DE TON AMI DE TE TOURNER VERS LA WAST N'EST PAS MAUVAISE.
DE TOUTE FAÇON C'EST SA SEULE PISTE.
MAIS JE NE PARLE PAS UN MOT D'ALLEMAND !
LA WAST EST GÉRÉE PAR L'ADMINISTRATION FRANÇAISE. ET J'AI UN AMI QUI Y TRAVAILLE.
JE VAIS ALLER ME RENSEIGNER À LA GARE POUR LES TRAINS À DESTINATION DE BERLIN.
DE MON CÔTÉ JE VAIS PRÉVENIR MON AMI DE TON ARRIVÉE PROCHAINE.
MERCI MARC, MERCI BEAUCOUP.

CREUSE 1960.
BON DIEU, QU'EST-CE QUE TU FICHES GABRIEL !!
TANT PIS, CE SERA SANS TOI MÊME SI LE VIEUX A MONTÉ SES CLAPIERS.
PETITE GARCE !! TU CROYAIS QUE T'ALLAIS ENCORE M'AVOIR !
J'VAIS TE METTRE UNE CORRECTION QUE TON P'TIT CUL SERA PAS PRÊT D'OUBLIER !

GALANDON - MONIN - BOSSARD

BIBLIOTHEQUE MUNICIPALE
ST PRYVE ST MESMIN

15 SEP. 2009